和科学家一起探案

# 星空下的背叛

## 伽利略身边的侦探故事

[德] 贝琳达 著

[奥地利] 乌特·西蒙 图

陈萌萌 译

中国人口出版社
China Population Publishing House
全国百佳出版单位

**著作版权登记合同**
图字：01-2014-7639

**图书在版编目（CIP）数据**

星空下的背叛 / （奥）贝琳达著 ; 陈萌萌译. -- 北京 : 中国人口出版社, 2015.7
（和科学家一起探案）
ISBN 978-7-5101-3176-9

Ⅰ. ①星… Ⅱ. ①贝… ②陈… Ⅲ. ①儿童文学－侦探小说－奥地利－现代 Ⅳ. ①I521.84

中国版本图书馆 CIP 数据核字（2015）第 034657 号

# 星空下的背叛

[德] 贝琳达　著
[奥地利] 乌特·西蒙　图
陈萌萌　译

---

**出版发行**　中国人口出版社
**社　　长**　张晓林
**网　　址**　www.rkcbs.net
**电子邮箱**　rkcbs@126.com
**总编室电话**　(010)83519392
**发行部电话**　(010)83534662
**传　　真**　(010)83519401
**地　　址**　北京市西城区广安门南街 80 号中加大厦
**邮　　编**　100054
**印　　刷**　三河市天利华印刷装订有限公司
**开　　本**　787 毫米 ×1092 毫米　1/32
**印　　张**　4
**字　　数**　80 千字
**版　　次**　2015 年 7 月第 1 版
**印　　次**　2015 年 7 月第 1 次印刷
**书　　号**　ISBN 978-7-5101-3176-9
**定　　价**　16.00 元

---

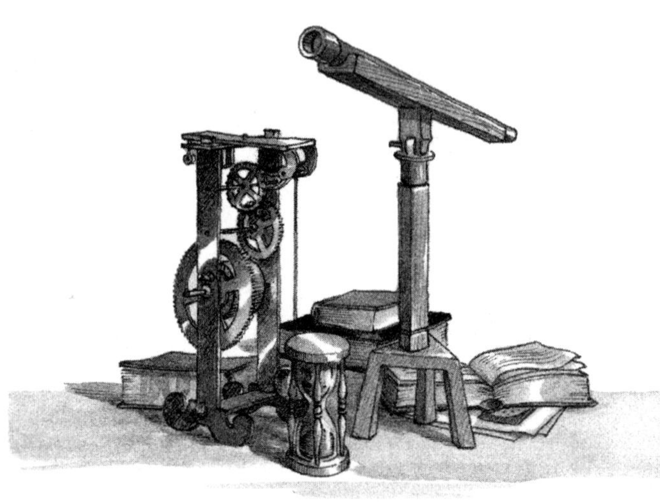

# 目录

# 炎热的天气，暴躁的神父和可疑的影子

这是六月的一个大清早，太阳正将第一缕光照射在佛罗伦萨的上空。看样子会是闷热的一天。前一夜的雷雨把城市浇了个透，街道和房屋都被洗得干干净净，偶尔有小水洼在路上闪闪发光。湿气从阿诺河上升起，涌入大街小巷，也使马特奥细汗涔涔。

啊，他多么希望现在坐在大师的书房里！那儿很凉爽，而且散发着纸香和墨香。这边圣洛伦索的集市上却充斥着饭馆、肉铺、水产和动物内脏的混合气味，皮革铺和染坊的气味也从河流上蒸腾而起，掺杂其中。

“别磨磨蹭蹭的，小子！在伽利略教授回家前我们还有很多事儿要做呢！”

路易莎轻轻捅了马特奥一下，继续挤过人群，来到一个卖黄油和乳酪的摊子旁。

马特奥扛着粮袋，没精打采地跟在女管家路易莎和女仆玛利亚、比安卡后面。他肚子饿得咕咕叫了，今天早晨只蘸着热酒吃了一小块面包，起这么早，这样的早餐可不算丰盛。他满怀期待地看着玛利亚手中的橄榄油瓶子，又热切地看看路易莎刚买的篮子里的乳酪球。

是呀，橄榄油、乳酪，再加上一段干火腿——真是美味佳肴啊！马特奥重新跟上路易莎，他开始咽口水了。

太阳越升越高，佛罗伦萨街上人声鼎沸，天气也越来越热了。马特奥感觉肩上的粮袋越来越重，他急切地盼望着能快点儿回家。但是路易莎的东西还没买完。马特奥的肩上又多了一大袋无花果、海枣和蜂蜜，

路易莎却还在继续买。她在一块卖葡萄干的摊位前弯下身，用怀疑的目光审视着这些商品，问道："里面没掺死苍蝇吧？"

那位商贩红了脸，拿出一个木斗递给路易莎，"你们自己检查！不要说我欺骗你们！"

路易莎一边咕哝一边翻看葡萄干。

马特奥受不了了，粮袋太重了。他得放下来歇一会儿。或许可以找个地方眯会儿觉？他退后一步，把粮袋放下来。就在这时，他的胸口被重重地撞了一下。

"笨蛋！蠢货！能不能注意点儿！"

马特奥吓了一跳，四下一瞧，看见一个怒气冲冲

的人正站在自己身边。

“对不起。”马特奥小声说。

那人嘴角抽搐着，伸手想打马特奥，但最后一刻却又改变了主意，抓了抓自己的胡子。

“快点儿给这位神父让路啊！”站在他们旁边的玛利亚吼他。

“可是我根本没有……”

马特奥没法说下去，玛利亚把他推到了一边，站在他和那位神父中间。那位神父终于骂骂咧咧地走开了，很快消失在人群中。

马特奥奇怪神父为什么气成那样，他暗暗地摇摇头。

“怎么啦？惹祸了？”路易莎手里提着刚刚收获的葡萄干，问道。

“是啊，马特奥惹的事。这小子又心不在焉了，冲撞了人。”玛利亚不满地回答道，同时用粗鲁的动作理了理滑落下来的头巾。

路易莎说：“他是伽利略大师的学生，当然有很多要思考的事情。现在，我们该回碰面地点了，吉优塞普一定等急了。”

玛利亚不以为然，不过也没再说什么。比安卡对马特奥安慰性地眨了眨眼，马特奥重新背起粮袋，跟在三人后面。他跟玛利亚虽然认识时间不长，但是他们没有敌对的理由。是不是这几天冒犯了她，自己却不知道？马特奥想来想去，也想不出个所以然来，只好作罢。

看见站在西格诺拉广场上的吉优塞普和他旁边的

牛车后，他舒了口气，现在终于可以放下沉重的担子回家了！吉优塞普是新来的仆人，他总是前倾着身子，走路有些驼背，给人的印象不太好，看起来脾气也比较糟糕。

马特奥帮路易莎把今天买的物品搬上车，然后自己也上了车，坐到车上吉优塞普买的小罐葡萄酒中间。

在从城里回贝罗山的路上，马特奥呼吸着沿路盛开的金合欢的馥郁香气，满怀回家的喜悦，差点儿悠然地睡着了。没有嘈杂，没有恶臭气味，没有急匆匆的易怒的人。啊，自从教授买下这座山庄别墅之后，生活是多么幸福！至于玛利亚，他相信他们也会成为朋友的，一定的！

"懒汉，下车了！"玛利亚的叫声让马特奥从白日梦中惊醒。好吧，可能跟她好好相处比想象的要难，马特奥心想。他轻轻叹口气，随后伤心地发现，他没法躲进书房舒服一会儿了，因为路易莎另有安排。

"我们得收拾好房子为教授归来做准备！你，玛

利亚，铺一些新鲜干草，别忘了再撒一些薰衣草在上面。再加点迷迭香也行。吉优塞普，把葡萄酒搬到地下室去。还有你，马特奥，帮我把储物间的东西堆放好。比安卡，快去厨房！你，宝拉，一边去，别挡在路中间。”

宝拉是看家犬，它热情地摇着尾巴，趴在门槛上。路易莎笑着摇摇头，叹着气从腰带上解下酒窖的钥匙递给吉优塞普：“一会儿赶快还给我！”说完她又着急地让马特奥开始往厨房搬运成袋成捆的东西。

马特奥在牛车和厨房之间来回忙碌，不时地被宝拉绊到，他满心希望路易莎能意识到已经到午饭时间了。

但是直到厨房已经飘来肉饼、蜂蜜蛋糕、无花果酱阵阵诱人的香味，路易莎也没有叫他们吃饭，还把马特奥派去井边打水。

马特奥望了望厨房长桌上冒着热气的新做好的肉饼直咽口水，但不得已只能出去打水。在走向井边的时候，他听到了不同寻常的声音，这让他好奇起来。

是一男一女在激烈地谈话。

“轻点儿声！别让人听见！”

马特奥停下脚步，四下里瞧了瞧，却没瞅到说话的人。

“他怎么说？我们什么时候动手？”

“马上，我们要叫他永远沉默！”

“……到目前为止，他对我们不错……”

“那我们先给他个警告，这可能有用，但是我看悬。”

“愿上帝保佑我们！”

马特奥愣住了，他屏住呼吸，下意识地往边上躲了躲，站在一棵桑树的阴影下。他在无意之中偷听到的是怎样一段奇怪的对话？他从藏身之处往外偷瞄了一眼，看见牲口棚的墙上有两个影子。哦，至少他认出了其中一个人！

?马特奥认出了谁?

# 危险的纸条

男人的身影马特奥轻松地认了出来，但那个女人是谁呢？马特奥从藏身的地方继续偷瞄着，但是吉优塞普已经回到车边忙活了，旁边站着比安卡和玛利亚，她们从车上卸着剩余的东西。真笨！他居然完全看不出来是谁在那边跟吉优塞普讨论那么引人注意的事情。

到底是关于什么事呢？要叫谁永远沉默？

正在这时，一阵马蹄声将他的思绪打断了。车轮在庭院的石砖上咯吱作响，马儿打着响鼻儿。马特奥抬头望去，心中欢呼起来：教授回来了！一同回来的还有一个让人期待的小主人。

“马特奥——你在哪儿？我需要水！”路易莎在厨房喊。

马特奥没有回答她，喊道：“教授回来了！教授回来了！”他忘了井边的水桶，迎面向车跑去。

萨尔瓦托，伽利略最大的学生，已经下了车，朝教授伸出手想搀他一把。教授却不高兴地嘟哝说：“我还没这么老呢！”然后自己费劲儿地下了车。他四处看看，深吸一口清新的空气，自言自语道：“啊，终于回家了！”

他从衣服袖子里抽出一方手帕，擦了擦圆脸上的汗珠，然后冲马特奥笑起来。

“怎么样，小伙计？我不在的日子里这里一切都正常吧？”

马特奥点点头，满脸喜悦。看见教授回来真是太好了！累人的厨房的活儿终于告一段落，又可以看天空、看星星，还有搞那些发明创造了，那些物件都寂寞地躺在教授的书房里呢。哇，生活多么美好！

还有更好的事儿呢！马特奥仔细地打量着跟教授从车上下来的男孩儿。文岑齐奥，教授的儿子，跟马特奥同龄。终于有个同龄朋友了。虽然在这里生活很好，但有时还是很无聊。比安卡和玛利亚对他几乎不屑一顾，路易莎老是逼着他干活，吉优塞普不想让任何人靠近，萨尔瓦托呢，又不想被幼稚的问题打断他的研究。

马特奥细细地打量着文岑齐奥，是的，这个伙伴很让马奥特满意。他有着深色的卷发和圆圆的脸，跟教授长得非常像。他的鼻尖是苍白的，不用说是长途颠簸导致的。

文岑齐奥从车上拉下来一个小箱子，有些无助地看着四周，马特奥看见了，觉得正是作自我介绍的机会。

“我是马特奥，是你爸爸的一个学生。你能来真好！”

文岑齐奥迟疑地笑了笑。

“是吗，我不确定来这里是好事……”

“为什么？在你爸爸这里很好的！而且这里的研究很有趣！一切都很让人向往！来——我带你参观我们的房间。”

教授在之前的一封信中提到过，要文岑齐奥和马特奥同住。现在已经收拾妥当，路易莎几周前用烟草染料涂染了床单，以便赶跑虱子、跳蚤和臭虫，昨天刚打扫了地面，撒了香草，沿着窄仄的楼梯上楼时就已经能闻到香味了。

马特奥开心地推开门。

“这就是我们的王国！在这里我们是自由的——连萨尔瓦托也不会到这里来。最棒的是，透过小天窗可以很好地观察星星！”马特奥兴奋地说。

“你喜欢观察星星？”文岑齐奥问。

“你不喜欢吗？”马特奥很惊讶。

“我不知道……”

文岑齐奥神情有些飘忽，他躺到铺着干草的软软的床上。

“我没关心过这个。我妈妈教我读书写字还有算术和音乐。但是星星——它们离我很远。”

“是很远！”马特奥笑了，“但是用你爸爸的望远镜去看它们就完全不同了，那时它们看起来像是触手可及。你会感觉月亮好像一伸手就可以从天上摘下来。你可以看清它粗糙的表面，环形山、沟壑……”

“月亮不是平整光滑的？”

文岑齐奥睁大眼睛看着马特奥，马特奥开始在房间里兴奋地上蹿下跳了。

“不是，它不是平整光滑的，不是磨光的硬币。它是粗糙不平的。还有银河，不是牛奶一样的雾——不是！无数的大大小小的星星组成了银河。如果你看一下木星——它被四个大卫星环绕着。你爸爸给它们取了名字：美第齐卫星[①]。当然是为了向我们的大公爵致敬。他把一切都发表在了他的《星际使者》一书中。这本书使他声名远播。”

“我听说过。”文岑齐奥答道。他走到天窗旁边，向外张望。“你说用望远镜会看到星星近得好像触手可及？”

“是的。”

马特奥走到文岑齐奥身边说：“你爸爸是个很有智慧的人，在他身边工作是件很有趣的事情。你会喜欢上这里的。”

文岑齐奥第一次露出了笑容，似乎他心里的一块石头落了地。马特奥觉得，文岑齐奥也许是有点想家。

---

①今称伽利略卫星。

他清楚地记得自己刚离开家来这里的时候的感受。是啊，他当时也感到孤单。马特奥轻轻地拍拍文岑齐奥的肩膀。

“来，我帮你打开行李。”

“哦，箱子不沉，也没有什么要拿出来的，里面只有一件上衣、一件外套和一双去教堂穿的鞋。”文岑齐奥把他的小木箱放在床尾，“只有这个也许应该拿出来……”他跪下，打开箱子，从衣服中间抽出一本《圣经》。他出神地抚摸着封皮，过一会儿才说道：“我不了解我爸爸的工作。但是我听到人们在背后是怎么对他恶语相加的，他们说他干涉了教堂的事；他不是教会的人，却要解读上帝的话；他误信了异教；还有他没有被神圣宗教法庭判决，算是奇迹……”

文岑齐奥说不下去了，抬头看着马特奥。马特奥在他身边坐下。

“喏，你爸爸可以证明地球在转，在运动。但是教会有些人不愿相信。他们说，《圣经》里写着地球是静止的。你爸爸对《圣经》作了另一种解释。”

“可这是被禁止的呀！”文岑齐奥迅速地把《圣经》放回箱子中，合上箱子激动地跳了起来。马特奥笑着看他。

“我知道。你爸爸已有所收敛。他不是故意要侮辱上帝或教会的。”

“他的工作给他招来了很大的危险！”

马特奥叹了口气，然后点点头。“是的，我真高兴，现在审判结束了，教授终于从罗马回来了。”

马特奥虔诚地在胸口画了个十字。他真心感谢上帝让教授回到了他们身边！

“我想起一件事……”文岑齐奥一边说，一边从腰间口袋里摸出一张纸条。

“在这儿，这是别人塞给我爸爸的，他读后鄙夷

地嘟哝了几句，扔在了地上。我就捡起来了……我很好奇。”文岑齐奥补上后一句，红了脸。

马特奥笑起来：“我的好奇心也很重！‘好奇心是希望之母’——你爸爸常这么说。纸条上写的什么？”

“我不知道。我还没看懂。你看……”

文岑齐奥把皱巴巴的纸条摊开在床上，和马特奥一起盯着那些谜一样的字母，它们似乎毫无意义。

突然马特奥叫了起来：“是了！我知道上面写的是什么！”

纸条上写的是什么?

# 撒谎的人和神奇的头盔

“你怎么这么快想到答案的？”文岑齐奥吃惊不小。

“咳，”马特奥耸耸肩，“你爸爸记东西的时候经常用谜语。不管怎么说，他确实需要小心一些。”

文岑齐奥点头同意：“是啊，这明显是个威胁的纸条。我想确实是针对他的……”

说到后来他的声音小得完全听不见了，马特奥也沉默了。是的，这个纸条是针对伽利略大师的，是他公开宣称支持地球自转而非静止的观点，很多人都因此憎恨他。

“是谁给你爸爸的？”

“他的学生，叫什么来着？”

“萨尔瓦托。”马特奥回答，又笑着补充说：“长竹竿萨尔瓦托。”

文岑齐奥笑了，“对，就是他。”

“在哪儿交给你爸爸的？”

“在圣尼科洛城门附近。我们停车让马喝水。那里人来人往熙熙攘攘。我们回到车旁边的时候，萨尔瓦托把纸条给了爸爸。你认为纸条是他自己写的吗？”

马特奥摇摇头：“不，萨尔瓦托跟在你爸爸身边很多年了，对他毕恭毕敬，不会对他起不利念头的。但是我们应该问问纸条是谁给他的。”

马特奥拉着文岑齐奥一起离开房间，咚咚咚下楼后，却发现萨尔瓦托已经和教授在饭桌旁坐着了，比安卡和玛利亚在路易莎的监督下正把最精致的饭菜端上来。各种煎烤美食以及无花果酱的香味飘散过来，一下子把他的辘辘饥肠唤醒了，所以他和文岑齐奥不

等教授催第二遍就在桌边落座了。

“那么传言是确有其事了——哥白尼的书被列为禁书了！”萨尔瓦托边吃边说，他掰了一大块面包，蘸了点橄榄油，塞到了嘴里。教授只哼了一声。马特奥一时不知道该对禁书还是对萨尔瓦托的饭量感到惊讶，因为他吃这么多却还很瘦，而且他简直跟一个军队吃得一样多了，路易莎还在不断地催促他多吃点儿。

“他们会想清楚的，我希望。”教授咕哝着，叫人给他加酒。马特奥拿起陶罐给他倒酒，同时听教授讲起他被监禁在罗马的事。

马特奥听得兴起，忘了神秘纸条的事。太阳早已下山，晴朗夜空在贝罗山上方铺展，路易莎过来催他们睡觉了。

“小孩子不能熬夜，更别说熬夜听这样吓人的故事了，对健康不好，快，快去睡觉！”

马特奥和文岑齐奥乖乖起身。文岑齐奥想尽情地打一个呵欠，却忍住了没打，跟在马特奥后面上楼，在床上躺下并马上沉沉睡去。马特奥也很快上床入睡了，却睡得没那么踏实，他做了个梦，梦见自己为保护教授对抗着看不见的敌人。

第二天早上，马特奥被透过小窗照在他脸上的阳光唤醒。

“我们还有很多事要做。醒醒啦！”他冲文岑齐奥喊道。文岑齐奥迷迷糊糊地揉揉眼，从床上跳起来。他有些疑惑地看看四周，然后才恍然想起这里是哪儿。

他一边把上衣往腰带里塞，一边跟马特奥下楼来到书房。马特奥的闯入吓了萨尔瓦托一跳，他正站在教授的书桌边整理笔记。马特奥瞥见一些画着太阳和

地球的图。

“你们干什么？！不会敲门吗？”萨尔瓦托有些生气。他看起来好像做亏心事被发现了一样。

“萨尔瓦托，昨天的纸条是谁给你的？就是你给教授的那张。”马特奥问。

萨尔瓦托皱起眉头来。

“一个陌生人交给我的，一位多米尼加的神父。他离开得太快，所以我没能问清楚怎么回事。”萨尔瓦托说完，眯起了眼睛用怀疑的语气问道：“你为什么想知道这个？”

马特奥脸红了，急切地想找一个解释，正在这时教授进来了，解救了马特奥。教授打着呵欠，伸着懒腰，睡眼惺忪地挠着胡子说：“我要马上继续研究经线的问题。昨天晚上，我针对航海和潮汐想了很久，得出结论，借助涨潮和退潮或许可以确凿地证明，地球不是静止的！萨尔瓦托，把望远镜拿来。”

萨尔瓦托听到伽利略的命令，没敢耽搁，马上把贵重的头盔拿了来。

“跟我来！”伽利略喊道，然后拿着头盔来到屋外。

文岑齐奥和马特奥一起跟了出来。文岑齐奥对于这个他平生见过的最奇特的东西感到非常好奇。

“这是什么头盔？”他轻声地问马特奥。

“这个在海上用作导航，可以确定经度。我也好想戴戴！”马特奥两眼放光，盯着在太阳底下发着金属光泽的头盔说道。

教授听到了马特奥说的话，“那真是想得美！这么贵重不禁摔的东西怎么可能给你们小孩用呢！”教授摘下头盔，不高兴地叫道：“萨尔瓦托，你在哪儿呢？”

马特奥吃吃地笑起来，文岑齐奥也咧开了嘴，因为教授戴着头盔的样子确实挺滑稽。在萨尔瓦托的搀扶下，教授在院子里走了一遭，绊了几个趔趄，才把头盔摘了下来。

“我知道了，这样不行。我们得在大海上试验。我想起来了，我已经对潮汐做了一些笔记。”

伽利略把头盔塞到萨尔瓦托手里，转身回书房。马特奥和文岑齐奥看着头盔，同时向萨尔瓦托投去乞求的目光。萨尔瓦托直接忽视了他们的目光，跟着教授回到了书房。

这时，大家突然听见伽利略暴叫：“我的笔记呢？”

“他太容易发火了，路易莎也这么说。”马特奥低声说，他和文岑齐奥一起跑进书房帮忙寻找。

“我就放在这儿了。现在怎么没了！”

伽利略指着书桌，桌上除了几根铅笔、几片磨拭好的透镜，还有被朱红色棉花涂抹过的细长望远镜，以及同样用于测定经度的另一个仪器之外，没有任何东西。

伽利略气得胡子颤动着，脸也红了。马特奥知道，这不是什么好兆头。

终于萨尔瓦托喊道：“在这儿！”他指着壁炉旁边。

“奇怪！我怎么会把笔记放到壁炉旁边？”教授把那珍贵的资料拿起来，感到诧异。

“你们看，太阳和地球。正如我所想，它们相互是有联系的……”伽利略在书桌旁坐下，认真地讲起来。

“这几张图我还从来没见过，画的是什么？”萨尔瓦托站在伽利略身后，探身问。

这边伽利略向萨尔瓦托解释的时候，马特奥把文岑齐奥拉到一边，小声说：“这里有些不对劲。”

马特奥为什么会这么认为？

# 神秘的信件

“你确定就是这些笔记吗？”文岑齐奥也小声地问，同时瞄了一眼萨尔瓦托。萨尔瓦托对他俩不屑一顾，专心地听教授讲解。

“是的，一定是。封皮上画的是太阳和地球，就是这几张。”

马特奥望着萨尔瓦托，不知怎么办才好。萨尔瓦托背叛教授了吗？为什么他要对教授撒谎？他可是很尊敬教授的。虽然他“不喜欢跟小屁孩儿打交道”，平时只要马特奥出现在他身边，他总是重复这句话，但是他仍然是一个让人喜欢的小伙子。差不多像个大哥哥一样，比哥哥还好。他不会打人，平时也不是凶巴巴的。不会的，萨尔瓦托不可能想害教授！难道真是……

马特奥咬着嘴唇，苦思冥想，当教授的声音将他从杂乱的思绪中拉回来的时候，他几乎是松了一口气——反正他也想不出什么结果来。

“你们两个在干什么呢？过来多学习！”伽利略教授招手让他们过来，眼光却没离开他的笔记，忽然他愣住了，手撑在桌边上站了起来，他翻着笔记，先是慢慢地，后来越翻越快，终于停住，“奇怪！图纸不够！”

“缺了哪些？”萨尔瓦托问。

“最重要的那些！能证明太阳是静止的那些！或许对于怀疑我的人来说它们不是充足的证据，但那是精确的计算。现在没有了。我正打算晚上展示给我的客人看呢。天啊，真糟糕！我要去散步！”

教授咒骂着走出书房。只一眨眼的工夫，他已经踏上了去往修道院的道路。马特奥忍不住微笑，教授太容易动怒了，这对他身体不好。好在小院里总能很快就恢复欢声笑语。

“你们没事干吗？”萨尔瓦托一边有些气恼地质问，一边把桌上乱七八糟的图纸收到一块儿。

“没有。”马特奥回答，他不等萨尔瓦托给他们分派讨厌的工作，就拉起文岑齐奥跑开了。

“否则我们就要擦拭仪器或者清理镜片了，而且一干就是几个小时。有兴趣来一盘掷球游戏吗？”

“当然！”文岑齐奥说。

一天中欢乐的时刻总算开始了。马特奥从匣子中

拿出弹珠，文岑齐奥在院子里的无花果树下画了一条线，母狗宝拉也加入进来，它躺在树荫下，像一个观众似的。

马特奥不得不承认，这个游戏文岑齐奥玩得很好，但他一点也不嫉妒。他把弹珠拿在手里揉啊转的，认真地准备下一击。在感受弹珠的圆滑时，他忽然又想到了地球和太阳，也想到了伽利略。

“萨尔瓦托为什么要撒谎？”他垂下手，问文岑齐奥。

“可能萨尔瓦托不小心忘了把笔记放在哪里了，

不想承认？”文岑齐奥猜测。

马特奥用力地将弹珠掷出，可惜掷偏了，弹珠打在了树上。

“我赢了！”文岑齐奥欢呼。

游戏进入下一轮。但是两个人的心思都已经不在游戏上了。树影渐渐拉长，当空气的热度已经不那么令人难以忍受时，路易莎跑来叫他们两个了。

“教授马上要回来了。客人随时都可能到。马特奥，把你的上衣塞好。你，文岑齐奥，脸上满是灰。这个样子怎么见客人？你们不是想整个晚上都躲在楼上不出来吧？”

路易莎两手叉腰，摆出一副严厉的架势，然后拍拍他们的头，把他们拖到屋里。

各种食物的香味已经在小别墅里弥漫开来。马特奥摸着肚子，大眼睛滴溜溜地围着锅具转。用烤面包片、杏仁、红酒、果汁、醋，并加上康乃馨、肉桂和丁香的酱是他的最爱，他简直等不及了，要拿一块面包和鸡肉馅儿饼蘸着它们吃了。路易莎准备了这样丰盛的食物，今晚一定是有非常重要的客人要来。

“爸爸要接待谁呢？”文岑齐奥很疑惑。他在水桶边洗了洗脸，正在擦干。

马特奥往院子里瞄了一眼，来客的车马正喧嚣不休。其中有一辆黑色的车，车上是那位穿白礼服的多米尼加神父。马特奥一瞅到他，顿时呆了，那正是前一天凶恶地冲他吼过的人。真是冤家路窄！

“怎么了？”文岑齐奥看着他，挑起了眉毛疑惑地询问。

“哦，我觉得，今晚可能不会很美好了……”马

特奥咕哝说。

但是情况没他想的那么坏。路易莎的高超厨艺，加上上等美酒，还有心情大好的伽利略教授，一切看起来挺不错。文岑齐奥和马特奥受命给客人斟酒，这是一个光荣的美差，但同时也意味着，他们自己吃不到什么东西了。幸运的是那位神父——他自我介绍是法尔科内神父——他没有认出马特奥。

“法尔科内神父，您对哥白尼的书被列为禁书一事有什么看法？”

法尔科内神父正把面包往酱里蘸，听到这话顿时停住，看着问问题的萨尔瓦托。

“我的看法是，对于教堂的决定我们不应该随便过问。”

“哪怕他们弄错？”

说这句话的是马拉费神父。马特奥不太了解他，不过他经常来做客，他有着锐利的眼神，没来由地和

法尔科内神父一样让人感到不舒服。

“教堂永远不会弄错的。”法尔科内神父道。

马拉费神父红了脸。伽利略教授试图把话题引到无关紧要的事情上，他说：“我决定接下来研究一下葡萄酒的发酵过程。我觉得这个课题很有趣。”

“您是说，您晚年要成为一个农夫了？”法尔科内神父语气中带着轻蔑，注意到伽利略皱起了眉头后，他添了一句：“您种了黄豆、豌豆、扁豆、玉米、葡

萄，还有各种药草。这是工作需要呢，还是纯粹为了颐养身心？”

“是为了能给大家提供丰美食物。”萨尔瓦托脱口而出，看得出来他生气了。

晚餐的和谐气氛眼看要被破坏了。马特奥正要给教授添酒，吃了玛利亚一个爆栗。她和比安卡把最后一道菜端上来了，这时她把马特奥拽到一边，训道：“不是这个酒。这是给客人的最便宜的乡下酒，这么晚了，他们已经觉察不到自己喝的是什么了。”她把另外一个酒壶塞给马特奥，又说：“这个酒只给教授喝就可以了。记住了，否则路易莎要揪你耳朵的！”

玛利亚目光咄咄逼人，马特奥只能点头称是，赶快给教授添了酒。玛利亚和比安卡在客人的招呼下端上了甜点，房间里充满了蜂蜜、炒松仁和蜜枣的香味。马特奥真希望客人们能给他和文岑齐奥留一点儿。这时文岑齐奥把他拽到了一边。

“看，我刚才在厨房地上发现了这个！”

文岑齐奥在激动之下，手有些颤抖，他递给马特奥一张皱巴巴、沾湿了的纸条。

“又一封匿名信吗？”他说。

马特奥眼光扫过这些模糊不清的字母。字体很潦草，根本看不清。突然他吹了个口哨，小声地说：“我知道这里写的是什么！”

**?信上写的是什么?**

# 有人投毒

“可这是什么意思呢？”文岑齐奥皱起了眉头。

“是不是只是一张邀请见面的纸条呢？或许有人想跟玛利亚或者比安卡约会？”马特奥说。

“你觉得真是这样吗？”文岑齐奥一脸疑虑地看着他。

“马特奥——酒放哪儿了？”教授的声音响彻房间，把两个说话的人吓了一跳。

马特奥赶快去倒酒，文岑齐奥也给大家倒起酒来。

客人们没察觉出来他们现在喝的是便宜的乡下酒，他们继续就着酒吃着好吃的，动作越来越滑稽。

天色已晚，最后法尔科内神父终于起身告别的时候，马特奥伤心地发现，桌上的美味基本没剩下什么了，沮丧！

“各位朋友，今天很尽兴！很高兴跟大家度过了这么美好的夜晚！”伽利略教授把客人送到门口。

法尔科内神父只转身冲伽利略点了个头，没说一句客气的话。其他客人则真诚一些，他们跟伽利略拥抱告别，道了晚安。车已经等在院子里了，他们陆续

上了车。只有马拉费神父还站在门边。他走到伽利略教授身边，口齿不清地说：“你还好吧，我的朋友？”

伽利略向四周瞧了瞧，他没发现马特奥就站在厨房门后，叹着气说：“这么说吧，我很高兴我还有一口气在。”

“你为什么招惹那么多敌人在自己身边，像法尔科内？”

“我要说服我的对手，而不是我的朋友。”

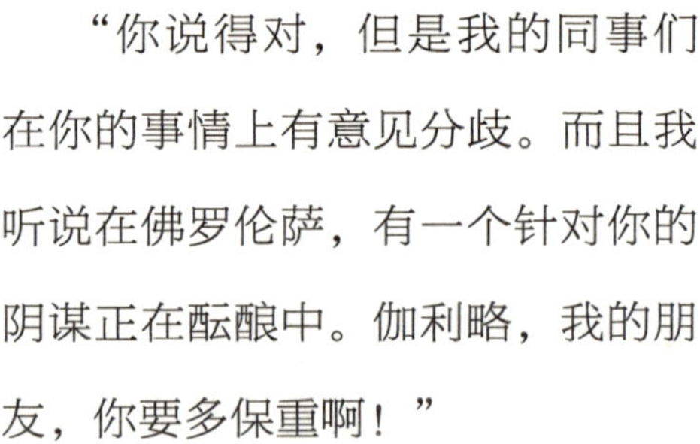

“你说得对，但是我的同事们在你的事情上有意见分歧。而且我听说在佛罗伦萨，有一个针对你的阴谋正在酝酿中。伽利略，我的朋友，你要多保重啊！”

“好的，我会保重。”伽利略与马拉费拥抱告别，马拉费转身走到被火把照亮的院子里坐车去了。

马特奥不知说什么好。他现在

听到的谈话让他确信，他和文岑齐奥所捕捉到的点点滴滴就是这个阴谋的冰山一角。但是谁是幕后黑手呢？

这个问题一直萦绕在他脑中，直到他和文岑齐奥回到自己的房间，终于可以舒舒服服地在床上伸展伸展疲惫的双腿。

“我不明白。”文岑齐奥一边说，一边用手指蘸着甜牛奶糊吃。路易莎给他们留了点牛奶糊，现在他们可以放心地尽情地大吃，而不必害怕法尔科内神父或者萨尔瓦托会来跟他们抢。

马特奥往嘴里塞了一个甜枣，用手指往勺子上拨了一颗松仁，一边品味着舌尖上的甜玉米，一边出神地望着窗外。突然，他灵机一动，是啊！他一拍脑门，从床上跳起来。

“不是天上的金星！”他兴奋地双颊涨得通红。

“什么？”文岑齐奥不明所以。

“信上说的金星啊。离这里不远就是大公爵的别墅。在他的花园里有一座石像，金星！花园里还有一个斗兽场，就是舞台。”马特奥面向小窗，激动地指着月亮，柔和的白月光正涌入小屋。“明天是满月。那就是说……”

“就是说，明天就是月满金星，那些意图对爸爸施加阴谋的人就要在舞台上碰头了。”

马特奥看着月明星稀的夜空。院子里的火把已经熄灭了，房子也归于平静。“我真的很好奇，是谁在和你爸爸作对！”马特奥沉思。

第二天早晨，马特奥和文岑齐奥还没来得及从床上爬起来，并拨掉头发上的干草，就听见屋子里吵吵嚷嚷。两人以最快的速度跑下楼，在走廊里碰见路易莎和萨尔瓦托，他们正在交谈，一脸愁容。

“他的情况还没这么糟糕过。”路易莎疲倦地摇着头。

“发生了什么事吗？”马特奥急问。

萨尔瓦托看了他一眼，似乎是想从他身上挖掘出什么信息。路易莎回答说：“教授身体很不好。他的痛风比以前更严重地折磨着他。另外他还头痛、恶心。”

马特奥和文岑齐奥飞快地互看了一眼，各自心中不安。

“葡萄酒加蜂蜜和药草或许有帮助……”萨尔瓦托说，他的心思不知在什么地方。

“对，再加些冷馅儿饼，对他老人家有好处。”路易莎也说。她深吸了一口气，似乎放心了些。她只要回到厨房开始忙活，世界对她来说就有了秩序。所以她赶着马特奥和文岑齐奥下楼去厨房。

“玛利亚，做些冷馅儿饼。马特奥、文岑齐奥，别干站在那儿，去给比安卡搭把手，她正准备浸泡床单，泡泡床单对教授的病痛也有一定的缓解作用。”

路易莎在她那一大串钥匙链上摸索半天，终于开了地下室的门，拿出葡萄酒。马特奥和文岑齐奥叹着气去帮比安卡泡床单。

路易莎正吭哧吭哧地上楼，听见楼上传来叫骂声。

“蠢货！混蛋！”

“天哪！发生什么事了？！”路易莎用手捂住头，提起裙子跑上楼去。比安卡惊恐之下把抹布掉在了药草桶里，跟着玛利亚也跑上去。马特奥和文岑齐奥紧随其后。

还没到楼梯口，马特奥耳边“刷”地飞过一支银烛台。他侥幸弯身躲了过去，烛台咯噔咯噔地滚下楼梯。马特奥跟文岑齐奥小心地走进烛台飞出来的地方——教授的房间。为了保险起见，他躲在了路易莎后面。

“你们想害死我吗？啊？！你们想弄死我是不是？”教授破口大骂。

他费力地起身，喘着气看着众人，两眼通红，散发着愤怒的光。

“我只想叫个医生而已，就把他彻底惹火了……”萨尔瓦托一脸无辜。

“啊呸！全是索命的屠夫！”伽利略还想骂，一阵咳嗽阻断了他。

“快，马特奥、文岑齐奥，把葡萄酒和馅儿饼拿来！”路易莎坚定地说。又把玛利亚和比安卡往房间里推，“我们得让他躺得舒服点。”

教授还在不断地咒骂，越骂越凶。马特奥很高兴能离开房间。他跟在文岑齐奥后面下楼，文岑齐奥因为担心父亲，三步并作一步，下到厨房，他猛然停下来，以至于马特奥一下子撞在了他背上。

“怎么了？”

文岑齐奥没回答，却指着厨房地上。马特奥大吃一惊。

“宝拉！”他叫了一声。

老母狗躺在地上，口吐白沫。文岑齐奥在它跟前跪下，仔细查看它的脸和嘴。

“它是被毒死的！很明显！”文岑齐奥抬头对马特奥说。

“用什么？”马特奥说不出话来。

文岑齐奥慢慢地站起来，向四周看看，最后他若有所思地点了点头，他知道宝拉是被什么毒死的了。

可怜的宝拉是被什么毒死的？

# 有人背叛了吗

“你确定宝拉是被毒死的吗？”马特奥问。他简直不敢相信有人会在葡萄酒里下毒想毒死伽利略教授，而这酒先毒死了可怜的宝拉。马特奥蹲在这条母狗旁边，抚摸着它的头，悄悄地抹了把眼泪。

文岑齐奥指着桌子。

“看，桌上洒的酒里面有两只苍蝇。”

“现在是六月，到处都有苍蝇，也到处都有死苍蝇。”马特奥不以为然。文岑齐奥让他看另一只肥大的苍蝇，这只苍蝇绕着冷馅儿饼嗡嗡嗡地飞了几圈，落到了擦得锃亮的木桌上，扑扇着翅膀，然后爬到了翻倒的酒杯旁边。刚吸到洒在桌上的酒，它就开始转圈、扑腾、蹬腿，最后一动不动了。

“有毒。”马特奥下了定论，文岑齐奥被这一幕震惊得只会点头了。

“你怎么知道这么多有关下毒的事？怎么一眼就看出来了？”马特奥问道，他的目光没从死苍蝇上离开。

“我妈妈很懂药草和植物。药草不仅可以治病，有些也可以毒死人，而且是在很短的时间内。它们可能看起来很好看，却是无情的杀手。比如毛地黄和桂竹香。再如花园里的夹竹桃，它的毒性足够用来驱赶老鼠，任何一部分都能用来做老鼠药。人们无意中喝到会……”

“像宝拉一样……”马特奥这会儿还在流眼泪呢，“我会告诉吉优塞普，让他砍掉园子里的夹竹桃。你爸爸很喜欢那株夹竹桃呢。”

文岑齐奥点头：“是的。现在我们要以最快的速度找出在酒里下毒的人。谁有酒窖的钥匙？”

马特奥想了想：“只有路易莎。她是管家，保管着所有的钥匙，只有她哪儿都能去。而且她像鹰一样警觉，没人能从她腰带上把钥匙拿走。呃，一般情况下。”

“一般？”文岑齐奥追问。

马特奥支吾了一会儿。他很喜欢路易莎，她就像妈妈一样。可是眼下很多事情都在证明，她在参与这个阴谋。马特奥跟文岑齐奥说了他的怀疑。

“你怎么想到的？”文岑齐奥问。

“根据我偷听到的谈话。那个我没认出来身影的女人说，在他这儿一切都挺好的。昨天玛利亚说，路易莎让我们只给教授上好酒，给客人千万不能用好酒。我想，这些酒昨天就已经被下了毒，所以你爸爸现在身体不舒服。路易莎很可能与此有关。她跟吉优塞普是一伙的。”

马特奥的眉头皱得更紧了。他自己都不愿相信自己刚才所说的。

“马特奥、文岑齐奥，酒在哪儿？”路易莎的声音从上面传来。

两个人吓了一跳。不用说，是给伽利略的酒。

“现在怎么办？该拿哪个酒呢？”文岑齐奥不知所措。

“这个酒不行，”马特奥简短地回答他。他拿起还剩着一些毒酒的陶罐，从后门出去，毫不犹豫地把酒

倒在了地上。回到厨房，他说："我们就说不小心把酒洒了，现在得拿新的。我不信所有的酒桶里面都被下了毒。"

"为什么？"

"因为那样家里每一个人都有被毒死的危险啊，包括下毒的人。这里的每个人都会喝酒，连我们早上也可以蘸着热酒吃面包。而如果这里所有人忽然全都病倒了，那也太明显了。"

马特奥说得完全没错，凶手自己是不会冒险的。文岑齐奥明白形势的严峻性后，吓得腿都软了。

"好，我去上面，我会仔细地观察有没有人显露出紧张的神情，或者举止反常。"

文岑齐奥飞奔到楼上，很多让他感到害怕的念头在他脑中回旋着，他不由得心跳加速。文岑齐奥才跟父亲团聚没几天，还没有很好地了解他，文岑齐奥不想失去他。不行！没有人可以伤害他！虽然如此，他们却不能透露一丝半点儿毒酒的事，不能打草惊

蛇——就算有人肯相信他们的话。

所以只能希望凶手自己露出马脚。文岑齐奥深吸了一口气，拍拍胸脯，走进父亲的房间。

父亲还在发火，无论如何不想看医生。路易莎和萨尔瓦托试图劝他接受医生，结果萨尔瓦托遭到严重警告："再说一次看医生，我就不让你上大学！听明

白了吧？！”

为了表示抗议，伽利略手上擎着一盏银烛台，准备随时扔出去。萨尔瓦托无奈地退后。路易莎心想，烛台真要扔出来可不是闹着玩的，她走上前从教授手里把烛台拿了下来，放在窗户边的箱子上。教授被疼痛折磨得也没多少力气了。

玛利亚和比安卡躲在角落里，看起来受了很大的惊吓。同时，她们的好奇心又很重，不想离开这个房间。

“酒呢？”路易莎突然问道。

“我们……我们不小心把它洒了，现在我们需要新的。”文岑齐奥结结巴巴地说。

“胡闹！”伽利略骂道，骂完累得又跌倒在枕头上。

“我们可以很快拿来新酒。但是我们需要酒窖的钥匙。”文岑齐奥赶快补充说。

路易莎眯起眼睛，眉毛抬得高高的。

“钥匙？不行不行，钥匙我自己保管着。谁知道你们想搞什么鬼。”

“我可以跟他去。”比安卡自告奋勇。玛利亚也说：“我也是。”

两个人看起来好像都不想单独跟教授和萨尔瓦托留在房间里。她们是害怕伽利略呢，还是想确保拿来的是毒酒呢？文岑齐奥无法看透她们的表情，也不再白费力气。在这混乱的时候，根本分不清谁举止异常。每个人看起来都像被吓坏了的兔子。

“那赶紧走吧！”

路易莎招呼他走，自己也提着裙子下了楼。她走进厨房的时候，地上已经没有宝拉的影子了，马特奥正在拿布擦地上洒的酒。

“呵，至少还有一个勤快的。”路易莎满意地说了一句。她从钥匙串上取下钥匙，开了地下室的门，摸索着往下走去。

马特奥和文岑齐奥跟在后面。

“你们一定要像小跟屁虫似地跟着吗？”

“多个人帮忙比较快……”马特奥回答。路易莎没再说什么。她从腰间摸出火石，点燃放在楼梯口的蜡烛，立即有一束跳动的光打在了酒窖长了青苔的拱顶上。空气里有些发霉的味道，马特奥和文岑齐奥感觉阴冷的气息瞬间侵入他们的骨髓。

“把酒罐给我。”路易莎说。

马特奥在地下室微弱的烛光下递给文岑齐奥一个惶恐的眼神。要是路易莎现在偏就只拿毒酒怎么办？

文岑齐奥也明白他的担忧。

“酒罐有个裂缝，我去换一个。”

“那……”路易莎还没说别的什么，文岑齐奥就已经拿着酒罐跑上去了，给马特奥留了一些时间。马特奥盯着那些酒桶，思索着。哪桶酒喝了没事呢？

文岑齐奥下来时特意把脚步放慢放重，当看见马特奥向他点头时，他舒了一口气。

“我知道了。”马特奥狡黠地说。

**?** 毒酒来自哪个桶?

# 逃生路线

路易莎从文岑齐奥手中接过酒罐，放在一个酒桶下面。

“不要这桶！”马特奥喊道。

“为什么？”路易莎诧异地问，“这是好酒，只给教授喝的酒。”

“正因如此才不要，昨天他觉得这酒不好喝。”马特奥坚定地说。

“是吗？”

“是的，我也听见了……”文岑齐奥插嘴说。

路易莎疑惑地摇摇头，嘀咕了一句“那好吧！”

最终从另一个希望没被投毒的酒桶里倒了酒。

马特奥和文岑齐奥舒了一口气。目前教授暂时被救了。但是下一步该怎么办呢？

在上楼的一路上，这个问题一直困扰着他们。路易莎递给他们一盘馅儿饼、一只酒杯，把他们派去病人的房间。

教授睡着了，萨尔瓦托守在旁边，膝盖上放着一本书和一些笔记纸。他的注意力已经不在他们两个人身上，他们溜开，去院子里的时候他也没在意。谢天谢地，他没有给他们分派活儿干！

路易莎已经知道宝拉死了，她以为它是老死的。现在她跟吉优塞

普站在院子里激烈地争吵。

吉优塞普不乐意给宝拉挖坟，但是路易莎以他如果不做就罚他不准吃饭为由逼他做了这件事。路易莎怒气冲冲地回到厨房，暗中用手背从脸上抹去了一把眼泪。

马特奥默默无语，他不愿再想起宝拉。

“你们就没什么事干吗？哼，我真想也有这样舒服的时候！”

玛利亚的声音将他从悲伤思绪中叫醒。

“今天有好多活干呢！”

玛利亚说完，把马特奥和文岑齐奥赶到屋里，让他们把各个房间都打扫了一遍，用新鲜药草涂了地板，让他们晾衣服打水，还让他们砍柴。

“好啦，玛利亚，他们还是孩子哪！”

比安卡在旁边看着玛利亚将两个人支使来支使去，终于走过来从马特奥手中拿走了斧子。玛利亚恶狠狠地看着她。

“我像他们这个年纪的时候，已经要努力干活挣钱了。空闲时间太多只会让他们起歪念头。”

“他们没多少空闲时间呀，他们还得啃书本呢。”

“您应该让他们啃啃《圣经》。”玛利亚扯着嗓子说。

比安卡把斧子打在砧板上，冲马特奥和文岑齐奥眨眨眼，“我今天要离她远点儿。她脾气好大。”

比安卡拿起盛鸡食的篮子去鸡圈了。

“终于摆脱玛利亚了！”马特奥累得“哎哟”叫了几声。

“她真可怕！”文岑齐奥有同感。“还好有比安卡

在，她对我们总是很好。”

“是不是太好了点儿？也许她只是不想给自己引来怀疑。”马特奥猜测。他咬着下嘴唇出神，其实他喜欢比安卡远多于喜欢玛利亚，但是她们是那么相像，连声音都那么像。不，眼下他对比安卡的信任跟对玛利亚的一样少！还有一个问题，就是吉优塞普在这个阴谋中起什么作用？马特奥跟文岑齐奥讲了他的这些想法。

“也许吉优塞普跟整个事件没有任何关系呢？”文岑齐奥发表看法。

“你怎么这么想呢？”

“也许你偷听到的谈话跟这个阴谋没关系呢？因为从吉优塞普身上看不出什么，从他的话里也听不出什么。他总是闻鸡起舞，在田里干活，晚上早早地回自己屋里睡觉，星期天就像你说的，他去教堂。其他方面……”

是的，其他方面真没什么可说的了。他经常情绪

不好，生活中唯一的享受是嚼烟草，他不去小酒馆里赌骰子，也不用他微薄的薪水去打牌。他总是独来独往，很低调，同时也跟玛利亚一样坏脾气。但是这些是怀疑他的理由吗？马特奥耸耸肩，看着西沉的夕阳。他有一种莫名的感觉，他好像忘了些什么，忘了件很重要很重要的事，但就是想不起来。

“好了，先看看今天晚上能发现些什么……”

“你们想发现什么？”

两个男孩四下一瞧，看见路易莎询问的表情。

“发现你是不是做了可口的晚饭。”文岑齐奥脱口而出。

路易莎笑起来。

“那就来厨房吧！”

马特奥把最后一块烤面包蘸在碟子里，饱得像吞了一整只乳猪一样。他正想合上眼，文岑齐奥从旁边推了他一下。

“天快黑了。月亮马上要升起来了。”

马特奥一下子变得倍儿清醒。趁路易莎和其他女仆不注意，两个人溜出了厨房。

“我们得注意别让人看见我们离开家。”来到外面后，马特奥压低声音说。

文岑齐奥点头，蹑手蹑脚地走到无花果树下。马特奥向四周看了看，然后跟上文岑齐奥，两个人很快被无花果树浓浓的树影遮住。

吉优塞普正走过院子去点燃火把。机会难得！他们敏捷地穿过庭院。来到外面的乡间小土路上，他们才加快了脚步，最后气喘吁吁地来到博博丽花园的围墙下。

“幸好大公爵和他的家人还在佛罗伦萨，否则我们是无论如何也过不了关卡的！”马特奥低声说。他和文岑齐奥借助一棵长得弯弯曲曲的老金合欢树一前一后地攀过围墙，进了花园。

古老的栗树、榆树和橡树在密密的、银色的月光

下投下长长的影子。马特奥在前面走，文岑齐奥跟在后面，走过宽阔的砾石路，经过石像和池塘，到达斗兽场，爬上多级台阶，他们站在最高处。

“从这儿可以听到坏人的所有声音，就像站在他们旁边一样。”马特奥说罢钻进长石凳的阴影中，文岑齐奥也低下身隐藏好。

夜晚的干燥空气中弥漫着香气，蟋蟀唱起歌，微风吹起，风儿轻轻地拂过杨树的树叶。马特奥好像到处都能看见人影，看见密谋者。

突然，文岑齐奥低声地叫道：“在那儿！那儿有人！”他指着场地中间的那块舞台。

确实，密谋者出现了！有三个人，都裹在大大的斗篷里面，所以无法认清其面目。马特奥屏住呼吸，认真地倾听空气中传来的陌生人的话语。

“你们完成任务了吗？”一个男子的声音问道。

“没有。”一个女的回答。

“为什么没有完成？”

可能男子粗暴生硬的语气把女的吓住了，她沉默了好一会儿，才用更轻的声音说:“计划没有成功……”

“这是不允许发生的！明天必须完成！用点儿心思！”

三个人影正在移动。

“快，不能让他们就这么溜走！”文岑齐奥说。马特奥跟在他后面飞快地跑下台阶，既要小心不弄出

响声，同时又要尽量地快。等他们跑到舞台那儿时，陌生人已没了踪影。

“可恶！现在怎么办？”文岑齐奥挠着头。

“我也想知道，现在该怎么办。”忽然，他们身后传出低沉的却带有威胁性的声音。有人抓住了他们的衣领。马特奥奋力反抗，在打斗撕扯中，那人遮脸的风帽被掀开了。

“萨尔瓦托！”马特奥愕然。

“你们在这儿找什么？”萨尔瓦托更加用力地揪着他们。

“这个问题我们也想问你。”马特奥说。

萨尔瓦托好像愣住了，以至于马特奥成功地挣脱了他的掌控，并且朝他的胫骨踹了一脚，使得萨尔瓦托松开了手，文岑齐奥也挣脱了。

“快！我知道离开花园的最短路线！”马特奥叫了一声，先跑了出去。

哪条是离开花园的最短路线？

# 密谋者和他们的同伙

如果是大白天，马特奥和文岑齐奥很容易被高个子萨尔瓦托抓住。可是此时花园里一片漆黑，道路蜿蜒曲折，包括很多假路、死路；加上雕像、草丛、树木，各种影像明暗交错，使得两个人成功地摆脱了萨尔瓦托。

马特奥拼命地跑，树枝打在他的脸上，撕破了他的衣服，他都顾不上，一直往前跑。他唯一能听见的是背后文岑齐奥重重的喘息声。

跑到花园出口了，“不远了，马上就到了。”他想，以此来给自己加油鼓气。乡间小土路长得似乎没有尽头，不过最终他们还是回到了家门口，两个人都跑得上气不接下气。院子大门已经关上了。马特奥特别想一屁股坐在地上，倚着白天被晒得热乎乎的院墙，好好休息一下。

“快，他马上就会追上我们的。”文岑齐奥喘着气说。他展开云梯，把马特奥推上墙头，再让他把自己拉上去。

“去马厩！去房间会把所有人吵醒，而且萨尔瓦托首先会去我们的房间查看的。”马特奥说。他一瘸一拐地走到马厩，打开门钻了进去。文岑齐奥也钻进去，关上身后的门，和马特奥“扑通”一下坐到干草堆里。里面的几只牝马打了个响鼻儿，一只奶牛轻轻地哞叫了一声。

“我们得安静些，别惊动了牲畜们，要不然萨尔瓦托马上就会发现我们。”马特奥轻声地

说，他还在大口地喘着粗气。

文岑齐奥朝他点头，示意他再往干草堆靠里处挪动一下。

过了一会儿，文岑齐奥从头发里摘掉干草，问："萨尔瓦托还真是密谋者的一员！你之前想到了吗？"

"老实说，没有。"马特奥轻声回答："我到你爸爸这里来后就认识他了。我真的以为，他爱戴并尊敬你爸爸。他的绘图总是很精确，他求知若渴而且认真地听你爸爸的话。"

"正因为如此，他对我爸爸的所有危险的学说都了如指掌。他知道我爸爸从事的是什么样的研究，他找到了那些证明是地球而不是太阳在转的证据。他随时都可以把我爸爸的情况供给爸爸的对手。"

"正因为如此，我们要提醒你爸爸注意！"

"你们没法提醒他注意了！"

马特奥回头一看，萨尔瓦托正站在他们后面！他一定是趁他们说话不注意时溜进来的。萨尔瓦托穿着皮制

便鞋，所以能走路无声。

明亮的月光透过马厩的小窗照进来，在他的脸上留下斑驳的阴影。马特奥还没来得及站起身，就被萨尔瓦托抓住了领子，按回干草堆上。他试图再次从萨尔瓦托手中挣脱，他感觉旁边的文岑齐奥正试图朝萨尔瓦托身上踹，但是他把他们抓得太紧，就像用一个大钳子箍着一样。

“你们快省省吧，安静点儿，否则全家人都被吵醒了！”萨尔瓦托龇着牙说。

“那样或许我们就有救了！”马特奥往萨尔瓦托

手上咬去。

“啊！别！我跟你们是一伙的！我知道阴谋的事情，也知道教授的生命危在旦夕！”

马特奥和文岑齐奥同时停下来。萨尔瓦托刚才说什么？马特奥疑惑地看着萨尔瓦托，萨尔瓦托拼命地点头：“是的，所以我也在博博丽花园。”萨尔瓦托的手稍微松了一些，但是没有放开他俩，继续说道：“我看见吉优塞普跟一个穿斗篷的人在院子里见面，并跟那人一同到街上去了。他可是只有上教堂的时候才离开家门。所以我很好奇他这么晚还出去干什么，就跟踪了他们。”

“另一个人是谁？”文岑齐奥急忙问。

“我不知道。根据身形和身高判断，可能是玛利亚或比安卡。不过这个我也会追查下去的。你们两个，从现在起不要插手这件事了。太危险！”

马特奥才说了个“可是……”就被萨尔瓦托一把抓起来跟他脸对脸。萨尔瓦托说：“没有‘可是’。你们不知道其中内情。这里涉及的是权力和生死。如果伽利略教授证明了是地球转而不是太阳转，那么他就要得罪教堂的人，他们会立即判处他的。想想乔尔丹诺·布鲁诺吧！”

萨尔瓦托松开手，然后把马特奥推开，就像把一袋坏了的土豆扔到角落里一样，还怒目注视着他。马特奥没法说什么，是的，他知道布鲁诺的命运，也知道其他——出于不知情或出于勇气——跟教堂上层作对并消失了的人的命运。教授现在也是处在悬崖边，岌岌可危。

“所以，别再插手了！”萨尔瓦托说着也放开了文岑齐奥，突然转身，消失在马厩外。一段时间里还能听见他的便鞋啪嗒啪嗒拖地的轻微声响。

马特奥揉了揉自己的脖子。不，这不可能是梦，做梦不会导致身上青一块紫一块的，明天醒来身上肯定有淤青。

“你相信他说的话吗？”文岑齐奥问。

“我不确定。我只知道，我不能退缩。真理是不可分割的，你爸爸常这么说。我想找出真相！”马特奥感觉自己勇气满满，就像刚刚徒手征服了一头雄狮一样。

“好，我也是。简单来说，我们现在要找出真正参与阴谋的人。谁给我爸爸施加了威胁，谁和这个团伙里面的神秘第三人一同埋伏在家里？”

“反正有吉优塞普。”

“我们对他了解多少？”

“不多。他在你爸爸这里做工还没多久。他之前在哪儿，我不知道。但是那个女的是谁？她应该有地下室的钥匙。路易莎虽然声称只有她有钥匙，但是她有时候也会睡着，或许有人趁机把钥匙偷走呢？”

马特奥用手支着头，唉，一切都好难办！

“如果我们知道他们用的是哪种毒，事情也许会有进展？”文岑齐奥说，“毒草可能来自厨房后面的草园，也许在药用植物和调味香料之间生长着一种容易被忽略但有剧毒的东西？”

马特奥跳起来：“那赶紧去草园——不过轻点！”

两个人像老鼠一般轻捷地钻出马厩，跑到草园。在满月的照耀下，园子看起来像被施了魔法一样。

他们小心地蹚过整齐的花畦，始终想着不能破坏任何一道痕迹、一个线索，更不能碰上有毒的植物。

但是他们什么也没找到。马特奥正要放弃，听见文岑齐奥轻轻地吹了个口哨，发出一种充满胜利意味的“哈”声。马特奥一下子跳到他身边。

“找到什么了？”

“有斑点的毒人参，看见了吗？”文岑齐奥指着园子最里边靠近房子外墙的一株植物。马特奥摇摇头：“我看见的是香菜。”

“斑点毒人参的叶子跟香菜的叶子非常像，但是如果用鼻子去闻，就会闻到老鼠小便一样的恶臭气味。发现宝拉的时候，我也闻到了这种气味，但是很淡，厨房的气味把它盖住了。”

“我没注意到，但是我注意到了别的东西：在我们之前有人来过这里，看地上来来回回的脚印，看起来好像他或她在找什么东西一样，或者在找毒人参。”

“我们还知道这人是谁，不是吗？因为这个印子不是木拖鞋踩的，而这里大部分人都穿木拖鞋。”文岑齐奥补充道。

?脚印是谁的?

# 小偷

“这样啊！萨尔瓦托果然在骗我们！”文岑齐奥很是恼火。

马特奥看着脚印，证据确凿，令他心痛。不知为什么，他喜欢那个竹竿一样的、瘦长笨拙的萨尔瓦托。萨尔瓦托自负、内向，但是从不粗暴。除了今天。

“那么，我们终于要跟你爸爸谈谈了。即使萨尔瓦托撒了谎，但是有一点他说得完全正确：整件事情十分危险。”

几片云被轻风吹到月亮下面，月亮被遮住，蟋蟀的叫声停止了几秒。马特奥跟在文岑齐奥后面溜进

屋里。

别墅里安安静静的，好像所有人都熟睡着。但是萨尔瓦托现在在哪儿呢？还有吉优塞普？他们还在密谋吗？马特奥不知道，但是跟在文岑齐奥后面上楼时，他的心一直提在嗓子眼儿，每一步都走得小心翼翼，尽量不弄出一点儿动静。

远处一只枭鸟鸣叫了一声，把他们吓了一跳，不由得站住。但是房子里没有任何响动。

终于走到楼顶小屋里，把门关上后，他们舒了一口气。没有人看见他们，没有人会问他们，为什么大半夜的在过道上活动。而明天一早，他们就会告诉伽利略教授这一切，整个事件就会告一段落。马特奥想着，这些念头让他平静了很多。直到这会儿，他才发现衣服上被扯得满是洞洞和条条。他把手指插在一个洞洞里，叹气道："路易莎要不高兴了……"他跌倒在床上，闭上了眼睛。

"希望你爸爸明天相信我们。"他说。

“嗯，希望如此。”文岑齐奥说。他盯着小窗，看了好一会儿才进入不安稳的睡眠中，这使得他第二天早上醒来时感觉很疲倦。

“我很久没有过质量这么低的睡眠了。”他打着呵欠咕哝说。

“我也一样。”马特奥带着一脸疲惫的微笑说。虽然如此，他还是催文岑齐奥快起床。太阳已经升起来了，院子里传来第一批晨起的人的动静，而他们必须以最快的速度去教授那儿，告诉他家里发生的所有事情的来龙去脉，给他提个醒儿。

但是他们还没法这么做。正当他们要冲进伽利略的房间时，路易莎从里面出来了，挡在他们面前。

“等等！你们急急忙忙地要去哪儿？”

“我们有急事要跟教授说！”

“这个现在不行。”路易莎丝毫没有让路的意思。

“他的情况又恶化了吗？”文岑齐奥用颤抖的声音问。

路易莎安慰似地摸摸他的头。

“没有，他好多了，痛风已经过去了。但是他现在有客人，法尔科内神父来了，他们有重要的事情要谈。”路易莎清了清嗓子，继续说道：“另外，我并不想进这个房间，这位神父是一个很不好说话的主儿。但是我必须再进去一次，看看他们有什么需要的。至于你们两个——到下面去，总有你们的活儿干的。”

文岑齐奥点了点头，拉着马特奥离开。马特奥还有些不愿意，等路易莎进到房间以后，他说：“我们应该坚定点儿的。”

“我们先看看酒桶是不是还在吧。然后我们就有证据了，我爸爸就不得不相信我们了。”

马特奥跟在文岑齐奥后面下了楼梯，去到厨房，“但是我们怎么进地下室呢？”他问。

文岑齐奥又一次突然站住，跟在后面的马特奥又一次毫无防备地跟他撞在了一起。文岑齐奥吹了一个轻轻的口哨，说：“喏，现在你自己看看……”他指着敞开的地下室的门。

马特奥一步跨到门前。

“锁被撬了！”

“现在，我们可以直接来看看酒桶是不是还在。”文岑齐奥说。他正想跑下石阶，马特奥一把把他抓了回来。

“应该只让一个人下去，另一个人在外面看守。要不然人家还以为是我们撬了锁。”

“好的，我下去。”

马特奥抓起厨房搁板上的火石，点燃一根蜡烛，塞到文岑齐奥手里。在文岑齐奥去下面的时候，马特奥用心听着是不是有人来厨房。在他听到来自上面的

声音，正想给文岑齐奥报警的时候，文岑齐奥上来了，熄了蜡烛，说："酒桶不见了！"

"不见了？"

"对，消失了，没有了！"

"我们走吧，我好像听到路易莎正赶过来……"

马特奥拉着文岑齐奥走到外面草园里，然后就听见路易莎发怒的叫声。

"天啊！谁把地下室的门撬破了？！"

马特奥和文岑齐奥像松鼠一样敏捷地离开园子，从前门迅速地回到屋里。

"我们得找到酒桶！"文岑齐奥说。

马特奥呆呆地点头，费力地思考着。酒桶会被藏到哪儿呢？他的眼睛扫过大厅，只看见了些常设之物：一张长椅，一只箱子，两只没有地方放的木桶。他的目光继续从敞开的门向外望去，外面吉伉塞普拿着镰刀站在院子里，似乎要磨刀，小鸡在啄食，比安卡在给它们撒食，玛利亚正从井里打水。

法尔科内神父的马车停在院子正中，有人给马拿了草。一切看起来都很安静祥和，很正常的样子。

但是马特奥突然升起疑心，他更仔细地观察了一下，招手让文岑齐奥过来。

“我看见酒桶了！”

酒桶藏在哪里?

# 喜出望外

“真的，看起来跟酒窖里的桶一模一样！”文岑齐奥低声说。

马特奥没有回答，而是专心地盯着玛利亚，她正在用提桶从井里往上提水。她看了看马车，受了惊吓一样，“扑通”一声，撒开了手，桶掉回了井里。她跑到车边，一边跑一边冲吉优塞普招手。吉优塞普放开手里的活计，抬起头，两道浓眉皱了起来。玛利亚指指酒桶。吉优塞普跳起来，三步并作两步走到她身边。他们一块儿拉起粗麻布做的盖篷，盖在桶上面，系了一根绳，以便盖篷不会滑到一边。

马特奥和文岑齐奥互相看了一眼。那么玛利亚是那个女的无疑了，而法尔科内神父就是团伙中的第三个人。很明显：吉优塞普和玛利亚想把酒桶藏在马车上。而马特奥此时也把自己一直觉得忘了的重要事想起来了：那天购物时，是吉优塞普把酒桶搬到地下室的。对他来说，在其他人忙于购物和为教授回家作准备的时候，神不知鬼不觉地给酒里下毒，是很容易的事！

“去你爸爸那里！”马特奥说。

他们手忙脚乱地跑上楼，冲进伽利略的房间。伽利略站在窗户旁边，他的身边站着法尔科内和萨尔瓦托。马特奥和文岑齐奥冲进来，他们一起扭头转身看，法尔科内还在说着：“……如果您不放弃自己的歪理邪说，那么我保证您会受到判决！”

伽利略没有继续注意法尔科内，他皱起眉头，生气地看着文岑齐奥和马特奥。

“大人正在说话呢——为什么这么慌张地跑进来？”

“爸爸，我们有急事要跟你说……”文岑齐奥刚开始

说话，立即被看起来怒气不小的萨尔瓦托打断了。

“我把他们带到外面去。”萨尔瓦托对着伽利略说。

“不！真的很重要！”马特奥着急地说。他用恳切的目光看着教授，教授不满地摇摇头。

“您连自己的儿子，甚至一个小小的学生都管教不好，还想改变世界？”法尔科内露出傲慢自满的微笑，

转过身去。

“教授，有人想毒死您！”马特奥脱口而出。

伽利略笑起来。

“是吗？毒死我？是玛利亚准备的吃的吗？她的厨艺确实糟糕透顶……”

“是的，玛利亚。她和吉优塞普准备了毒酒。宝拉被毒死了。然后……”

“你在说些什么，孩子？”伽利略问。他把马特奥拉近些，严肃地看着他的眼睛。“这种事不能开玩笑。可怜的宝拉是老死的。”

“不是的，爸爸！”文岑齐奥站到马特奥和伽利略之间，“是被毒死的，被草园里的毒人参毒死的。毒人参就长在房子旁边，你可以去看。”

“真的是毒人参！我之前见到过，一直不确定……”萨尔瓦托说。马特奥听他这么说警觉起来。萨尔瓦托不是跟背叛者一伙的吗？文岑齐奥没有注意萨尔瓦托，他继续说着：“现在被下了毒的酒从酒窖里消失了。酒桶被藏起来了，他们要销毁证据，但是酒桶现在还在这位神父的车上！”

文岑齐奥指着法尔科内，对他进行指责。法尔科内神父转过身，脸色先是煞白，随后变得通红。

“这是荒唐的胡扯！”他怒道，声音有些颤抖。

伽利略吃惊地吸了口气。

“你知道你在说什么吗，孩子？”他说道。

“地下室的门被撬了，少了一只酒桶！”路易莎走进来，神情看起来就像要把使坏的人当面训斥一顿一样。“我都听到了，我只能说，是的，这里情况非常不妙！”

“我不用听下去了。在改变世界之前，您先把自己的家务事整好吧！”法尔科内阴着脸说道，说完想离开房间，但是萨尔瓦托上前一步跨到他旁边，抓住了他的衣服袖

子。法尔科内挑起眉毛愤怒地看着他。

“你敢对教堂的人动手？”

“现在的问题是，谁在对谁动手！”伽利略的声音响彻房间。他站在法尔科内面前，胡子颤动着，眼里全是愤怒。

“我现在要去拿回酒桶，因为它是我家的，不是吗？”

法尔科内张了张嘴又合上了，他不再说话，看起来就跟离开了水的鱼一样。伽利略怒气未消地点头。

“这个回答就够了。就是说，我的儿子和学生没有说谎。您想毒死我，在我自己的家里！滚吧，不要让我再看见您！”

法尔科内将手握成拳头，又松开了，最后说：“总有一天我们要对您的异端邪说作出判决，您等着吧！”他愤怒地转身离开了房间。

“不会在这儿，也不会是今天。走吧，拿好您的行李！还有地球——它是转的！”伽利略在背后喊。

“您就这么让他走了？”文岑齐奥不敢相信地问道。

伽利略把手放在文岑齐奥的肩膀上。

“是的，控诉他对我没有什么帮助。那样的话舆论又会不可避免地回到我的研究工作上。这位神父很危险。他只要玩弄一些手段，法庭最后反而会把我放到被告席上。”

“那吉优塞普和玛利亚怎么办？他们也可以不受到惩罚吗？”马特奥问。

“他们都是普通人，不懂天文和数学，无法判断我

说的是不是事实。世界上没有比无知者更憎恨知识的了！”

“不管怎样，愚蠢不是惩罚的挡箭牌，所以他们两个人不能免受我的责罚，我现在就去教训他们！”路易莎说着快步走了出去。

伽利略朗声大笑，其他人也宽心地笑了。

第二天早上，马特奥和文岑齐奥同坐在书房里，听伽利略给他们讲故事。“吉优塞普以前在圣玛利亚·诺维拉修道院当仆人，所以他认识法尔科内神父？”文岑齐奥还是不敢相信。

“是的，威胁信是另一个神父塞给萨尔瓦托的。反对教授的人真的像马拉费神父说的那样，有很大的阴谋计划。玛利亚呢，也来自这个修道院。她在那里的厨房工作过。”马特奥咬着铅笔。他本来要画草图呢。

“而萨尔瓦托之所以把一部分笔记藏起来，只是不想让教授在当天晚上拿给客人看。他只是想保护教授，不是想偷教授的东西。”文岑齐奥说。

“文岑齐奥，马特奥——下来！这里有个惊喜给你们！”路易莎从厨房喊道。

马特奥马上放下铅笔，跟在文岑齐奥后面跑下楼。有蜂蜜饼干吗？他跟着文岑齐奥冲进厨房，然后不禁张大了嘴。

一只小狗摇着小尾巴，迈着晃晃悠悠的步子朝他们走着。

“这是皮考拉，刚刚来到咱们家。”路易莎说着从眼里擦掉一颗欢喜的眼泪。

“我不知道，皮考拉是不是个合适的名字……这小狗看起来想长成高个儿呢，看它的大脚掌，还有修长的腿……”萨尔瓦托自言自语，端详着这只舔着马特奥手的小狗。

“正该你说这话！你什么时候才能停止长个儿啊？”路易莎有些不满地说，她抱起皮考拉放在怀里。

“这是家里的新成员吗？”伽利略来到厨房，微笑着挠挠小狗的耳朵。皮考拉满意地吧唧着嘴，伽利略从盘子里拿起一块饼干喂给它吃。

“这可不行啊，这对它不好。”路易莎想阻止，但是伽利略说：“它要长身体嘛。”他把皮考拉抱在手上，去花园遛弯儿去了。

马特奥望着教授的背影。是的，有时候他完全沉

浸在工作中，有时候他也爱抬杠，而且明明犯了错误，却不愿承认，但是他仍然是世界上最好的教授！马特奥叹口气，转身看见文岑齐奥正在偷吃蜂蜜饼干。

“希望你爸爸不会再给自己惹什么麻烦……”

“这可说不准。真理是不可分割的，而他永远会护卫真理，因为对于他来说，地球不是静止的。”

# 附录 1：答案

## 炎热的天气，暴躁的神父和可疑的影子

马特奥从驼背认出了吉优塞普。

## 危险的纸条

词的顺序要改变一下，数一下词语，将奇数位置的词先串起来，然后把偶数位置的词倒序串起来。纸条上写的是：说地球静止，否则你们就要倒霉。

## 撒谎的人和神奇的头盔

当马特奥和文岑齐奥就纸条的事情询问萨尔瓦托的时候，他正在整理教授书桌上的笔记。如果笔记挪了地方，那么肯定是萨尔瓦托干的，因为除了他们，书房里面没有别人。他对笔记很了解。

## 神秘的信件

信上写的是：月满金星之时，舞台上见。

## 有人投毒

宝拉是被酒毒死的。酒从歪倒的酒杯中洒到了地上，宝拉肯定是舔了这些酒而被毒死的。

## 有人背叛了吗

其中一只酒桶下面有一小滩酒水，一定有人在不久之前从这只桶里倒了酒。

## 逃生路线

答案如黑线所示。

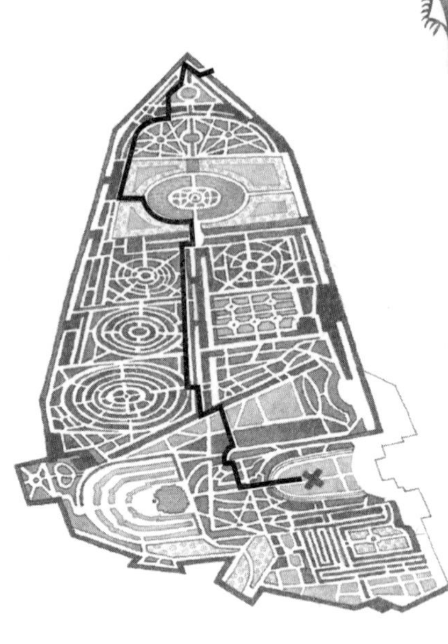

## 密谋者和他们的同伙

脚印是萨尔瓦托的，只有他穿皮制便鞋。

## 小偷

酒桶在法尔科内神父的马车上，有一半隐藏在一张麻布下。

# 附录 2：伽利略生平

◆ 1564 年，伽利略·伽利雷生于意大利的比萨（Pisa）。

◆ 1581 年，开始在比萨的大学学习、生活。

◆ 1586 年，伽利略发明了一个特殊的称重用的天平。

◆ 1589 年，他成为比萨一所大学的数学教授。

◆ 1590~1591 年，他在比萨斜塔完成著名的自由落体定律计算。

◆ 1592 年，伽利略成为帕杜（Padua）一所大学的教授。他发明了比例规，并制作了一个测量精确温度值的装置（测温仪）。

◆ 1600 年，他的大女儿弗吉尼亚出生。

◆ 1601 年，他的二女儿利维亚出生。

◆ 1604 年，伽利略发现了自然加速运动规律。

◆ 1605 年，他成为佛罗伦萨王储的老师。

◆ 1606 年，他制作了一支温度计。儿子文岑齐奥出生。

◆ 1609 年，伽利略制作了他的第一架望远镜，并用它发现了月球表面的凹凸不平。

◆ 1610 年，伽利略发现了木星的卫星，并将其命名为美第齐卫星。同年，他成为佛罗伦萨大公爵的宫廷数学家。他的《星际使者》一书印刷，其中包含了他对月球的观测等。另外他还发现了所谓的“太阳黑子”。

◆ 1611 年，他认识到金星和水星都在绕太阳旋转，并发现了太阳的自转。

◆ 1612 年，伽利略在佛罗伦萨发表了他的《水中浮体对话集》。这是现代科学史上具有里程碑意义的一部作品，因为它奠定了实验物理学的基础。

◆ 1614 年，多米尼加修士卡其尼（Caccini）在圣玛利亚·诺维拉教堂反对伽利略的观点。

◆ 1615 年，多米尼加神父洛里尼（Lorini）向宗教法庭起诉伽利略。

◆ 1616 年，伽利略写了一本论述涨潮和退潮的著作，想以此再次证明哥白尼是正确的，转动的是地球而不是太阳。他去罗马接受审判，最后被迫发誓从今以后不再继续地球自转方面的研究。

◆ 1617 年，伽利略制作了一架望远镜，用它在航海的时候可以确定经度。

◆ 1632 年，其著作《两大世界体系的对话》印刷。

◆ 1632~1633 年，伽利略接受法庭审判，为了保命被迫宣布放弃自己的学说。最后监禁变成了软禁，他回到阿塞蒂里（Arcetri）（在佛罗伦萨附近）。

◆ 1637 年，伽利略失明。

◆ 1638 年，他在失明的状态下依然发表了两部作品，其中包括《关于两门新学科的谈话及数学证明》。

◆ 1642 年，伽利略死于阿塞蒂里。

# 附录 3：“但是地球在转啊！”

伽利略·伽利雷是否真的说过这句名言，在今天仍存在争议，但是不管怎样，这句话直到今天仍然被人们与这位数学家、天文学家联系到一起。这句话集中表现了伽利略最重要的一个理论：转动的是地球而不是太阳！

## 托勒密

在伽利略的时代，大部分学者都将他们的研究建立在古典理论的基础上。古代著作中的知识被他们奉作圭臬，任何人都不能怀疑。其中就包括古希腊数学家、天文学家、地理学家托勒密（约 100~175）的论著。他认为地球是宇宙的中心，所有星体（太阳、月球、恒星、行星）都围绕地球运动，地球是静止的。

# 哥白尼和开普勒

尼古拉斯·哥白尼（1473~1543）颠覆了中世纪的观念，他通过对恒星的观测和对行星运行轨道的计算得出结论，太阳才是宇宙的中心，地球和其他行星都围绕着太阳转。另外他还发现了地球的自转。

这在当时是一个危险的理论，因为它与教堂的学说相悖。根据《圣经》的描述，地球是静止的。可惜哥白尼用来支撑自己观点的计算远远不够精确，所以他只是被当作一个神经错乱的科学家对待，他的学说不被采纳。

直到德国的数学家、理论家、天文学家约翰内斯·开普勒（1571~1630）发现了行星运动规律，才证明了哥白尼是正确的。

这两位科学家为伽利略的研究铺平了道路。

## 日心说和地心说

根据托勒密和其他古希腊学者的观点，地球是宇宙的中心。这种观念叫作地心说。地心说这一概念源自希腊。

但是尼古拉斯·哥白尼、约翰内斯·开普勒以及伽利略·伽利雷持不同观点。他们想通过研究证明日心说的观点。今天我们已经知道，他们的观点，即太阳是太阳系的中心是正确的。

## 伽利略对行星运动的认识

伽利略·伽利雷曾经也怀疑哥白尼观点的正确性——直到荷兰出现了第一架望远镜。伽利略仿制了一架并对其做了不懈的改进，开始用这架望远镜对天空和星际进行观测。他的观测记录和反复验证的结果告诉他：哥白尼是正确的，地球在围绕太阳转，而不是太阳围绕地球转。

他被人们嘲笑，没人认真对待他。再加上《圣经》里写着，约书亚将太阳弄到了静止的状态。(《旧约》，约书亚卷，第十章，第11~13行。)所以太阳肯定是运动的。而且没有几个人能想象地球自转的情景。

但是伽利略是一个非常好胜的人。他忍不住让人按照他的想法改写了《圣经》里约书亚一节。这正是他麻烦的开端，他也差点儿为此付出了性命。人们指责他不是教会的人，所以他不能质疑《圣经》的通行阐释。他所说的是异端邪说，是旁门左道，是要被捆在柴堆上烧死的，正像此前论述宇宙无限性的乔尔丹诺·布鲁诺所遭受的惩罚一样。

1616 年，伽利略接到命令前往罗马。他因为异端邪说受到审讯，法庭没有走过多环节就逼他发誓不再传播哥白尼的学说。哥白尼的书被列为禁书。

## 审讯

伽利略没有遵守教会的规定。他写了一本书，讲述了一个学者们在一起讨论各种宇宙观的故事（《关于托勒密和哥白尼两大世界体系的对话》）。伽利略其实已经答应不再发表对日心说的看法了，但在这本书中，他以学者们对话的形式这么做了。另外他本来是必须从教皇那里得到许可才可以发表作品的。这是1632~1633 年审判他的最终导火索。

伽利略要想保住性命，只有一条路可走：他必须否认并发誓放弃自己的观点。伽利略用这种方式逃过了死刑，“只”被囚禁了起来。后来大家传说，虽然伽利略在法官面前答应放弃关于地球运动的所有观点和学说，但是在离开法庭的时候，他自己嘟哝说：“但是地球在转啊！”

对伽利略的囚禁后来变成了软禁，但是直到 1992 年，伽利略在蒙冤 360 年后，教会才为他正式平反。

# 附录 4：作者和插画家介绍

**作者**——贝琳达（Bellinda）1969 年生于奥地利。当她还是个孩子的时候，就喜欢纸张。学会写字以后，她就开始在纸上搞创作了。有一天，纸上的字母连成了一篇故事，这篇故事让她如此喜欢，以至于她一发而不可收拾，写作了更多的故事。现在她每天都写，尤其喜欢写侦探小说和历史故事。

**插画家**——乌特·西蒙（Ute Simon）1971 年生于德国上施瓦本，在美因茨学习了通讯设计和插画专业。她给很多作品做过插画，其中青少年读物是她最喜欢的工作领域。现在通讯发达了，人们可以随意选择住所，所以她目前住在洛杉矶，享受着阳光、大海和棕榈树，要不就是坐在书桌前画画。